森を造る

日吉平詩集
Hiyoshi Taira

創風社出版

日吉平詩集　森を造る　—目　次—

森を造る　5

森を造る

森を造る

祝日の朝
誕生の記念に
明るい日の射す木立の山を切り開き
斜面に杉と檜の苗木を植えた
苗木はすくすくと大きくなり林になり
年数を重ねて薄暗い森になった
その森を間伐し
伸びすぎた枝枝を整頓しまた明るい林にした
林になると木木は勢いを増し伸び続け
名も知らぬ下草も生え
季節ごとに赤や白や黄色の花の咲く森になった

幾度となく繰り返した山は
もう林に戻ろうとはしない
鬱蒼とした森になり
苔むす冷気の中で魂は育ち
染まるような緑の
ひもろぎの色を深めていく

再会

森の木が働いている
せっせと気体を作り高空に放出している
気体のほとんどは地球にとどまるが
かなり多くは絶えず宇宙にこぼれている
いずれ地球に気体は無くなり
火星のようになることは分っている
だけどそうなるのを嫌がって
木はせっせと働いている
木につられて
多くの植物が後に続いている
それでもいづれは火星のようになる

だからそれまでに
人類が生き延びる方法の
奇跡を起こさなければならない
そうなれば
人類五千年の歴史は
大古時代となるだろう
それを夢見て
億年後に地球が生きていたら
愛しい人たちに
ここでまた会うだろう

沈黙の森

かって通った
故郷の裏山の細い山道を分け入る
箱庭のように整備された山峡だったが
今は雑草が生い茂り
道が分らなくなっている
杉や檜も大きく育ちはしたが
草木も生い茂り足元が見えない
息急き切って登っていた道が
確かにここにあった
この生い茂る草木は何なんだろう
種を撒いた訳でもない

育てた訳でもない
経過した時間とともに生い茂ったもの
代々のありふれた村人達が
長い時間を踏み固めてきた道の跡が消えている
かっての荒い息は
緑を流す空気と沈黙の森に
閉じられていて
限りない静けさに広がっている
忘れられた人を呼び起こすような
野鳥の発する鋭い鳴き声が時折するだけで
ここでは一切の音がない
ゆっくり流れる風が起こす
葉擦れの微かな音から先は
もう依り代の位置になる

立つ位置

日当たりのよい山の傾斜地に
苗木を植える
五六年は下刈りで大変だが
胸ほどの高さになると
楽しみの方が多くなる
同じように植えた苗木も
幾年か経つうちに樹高に差が出てくる
幾本かはまわりの木を見下ろすように早く育つ
木木は根を張った場所を動かない
わたしも木のようにもうここを離れないだろう
樹木のように立ったまま

風雨天変地異があっても
移動することはないだろう

腎臓病の文蔵さん

夕方川沿いの道を散歩するのが日課になっている
途中公園があってそこのベンチで一休みする
文蔵さんはいつもそのベンチに座っている
わたしの方が早かったり
文蔵さんの方が早かったりまちまちだ
文蔵さんは腎臓病だ
二十歳になる孫が一日中パソコンゲームばかりすると
いつもブツブツ不平を言っている
毎週三回透析に行くそうで
両腕は注射針の跡でゴチゴチになっている
十年前に奥さんを亡くし

瀬戸内の島で蜜柑作りをひとりでしていたが
体の不調を感じて県都松山市の病院に行くと
緊急入院になったそうだ
それ以来透析は欠かせなくなったとのこと
しかしそれでもタバコは止めれないそうで
今は長男の家に同居しているとのこと
島の自宅は出てきたときのままで荒れているそうだ

田んぼ

山間を流れる河原の傍のわずかな平地に
狭い田んぼが数枚川下に続いている
終戦後すぐの頃
多くの村人たちと田植えをした田んぼだ
ワイワイガヤガヤ賑やかで
田植えの後はお祝いにちょっと一杯
筵を敷いた庭先で軽い宴会もあった
そんな田んぼも今は雑草が生い茂り
田んぼか藪か分からなくなっている
最近は多くの田んぼがこんな調子だそうだ
山間には人が居なくなって

全国の山間の田畑は荒地になるのだろうか

森に分け入る

森に冬の時雨は降った
大木のてっぺんから下草まで
等しく湿らせ
分け入る人を震えさせる
貧しい時代の人々が
湯気を立てながら登って行っただろう
冬ざれた山道を
道を探しながら
斧で切り開く
切り開いた道に
錆付いた斧や空缶が時折落ちていたりする

秋冬は枝打ちの季節だから
杉檜の
伸びすぎた枝を切ってやる
切り口から虫が入ったりするが
冬なら虫も少ない
ひと冬で力をため込み
春には一斉に枝枝を伸ばしてくるだろう
夏の枝は柔らかく切りやすいが
冬木は堅くて切りにくい

空

日本晴れの空を
切り開くように
ジェット雲の白い筋が伸びていく
はるか下の空を
数羽の黒い鳥が飛んでいく
屋根の上には雀が仲良く並んで止まっている

川の鯨

大雨の川を
鯨が下っていく
荒れ狂う大水にも動ぜず
欠伸をしている
噴気孔から
海水ならぬ濁り水を噴き上げている
その所為で
両岸は血を流している

人間

肉食の動物
草食の動物
魚だって海藻食や肉食の魚がいて
植物は自然界の溶けだした栄養を食べている
人間だけは
肉も植物も魚類も食べる
だからあらゆる命を犠牲にしている
おまけに同類を殺したりするのは人間だけだ
獣だって同種同類と喧嘩はするが
殺したりはしない
人間はどうだろう

事件　戦争　大昔から止むことがない
命を大切にしようと大合唱はするが
合理的であれ
不合理的であれ
殺戮はいつまでも続いている
それとともに殺人兵器の開発もさかんだ
人類の科学の歴史は
殺人兵器の歴史と言ってもいいほどだ

木に積る雪

植林して大きくなった杉の木に
初雪が降る
雪は降り続き緑の枝枝に積っていく
支え切れなくなった枝から雪が落ちる
枝ならまだいいが
主幹そのものが大きく曲がる
そんな木は幹に輝が入って材木にはならない
はやく大きくなった木ほどよく曲がる
最後には轟音をたてて倒れる
ふだん物言わぬ樹木が
声をため込んでいたのか

最後の悲鳴を上げるかのようだ
先日年老いた叔母が亡くなった
叔母は生前はおしゃべりだったが
甃れて臥せってからは口数が減った
無くなる間際には
呼吸の間が少しずつ長くなり
最後は静かに止まった
父も母もそうだった
樹木はいつまで
黙って立っているのだろうか

森の朝

溺れかけていた枝枝の黄緑の芽は
あけぼのに安堵の朝を迎える
深い森の中で
眠りから覚めて手を広げようとする木木
沈思の時は終わり
長い欠伸を流れる風に乗せて
虚飾の薄明りが漂ってくる
杉の黒い枝枝の間から
黄色い月の残像はまだ明るく覗き
ときおりの何かの獣の鳴き声以外は音がない

魚と鳥

空を鳥は泳ぐ
魚は水を飛ぶ
多くの哺乳類は地上を歩く
科学を使って
人間は空も水中も飛ぼうとする
人間は飛べたのか
飛んだつもりなのか
多くの人が泣いているのに

螺子を打ち込む

森の大きな木の幹に
穴の開いた螺子を打ち込む
力を込めて回す
人間に例えれば
巨木にとっては
注射ぐらいの痛手だ
道具は螺子回しを使わなければならない
それが木に対するせめてもの礼儀だ
打ち込んだら
螺子の穴から覗いてみる
上に向かって滔滔と水の流れるのが見える

重力に逆らって
上へ上へと流れている
驚くほど透明な清水だ
水は枝枝の葉先でさらに形を変え
空へ
さらに高い空へと昇っていく

呼びに来るもの

真夜中夜空を見上げて
月の欠けていくのを眺めている時
プラットホームで電車を待つ時
街角を曲がった時など
河原の石や木や田んぼや
変哲もない山々の稜線
あちらこちらの藪
谷に近い小さな川の流れ
植林された森などを飛び交う名も知らぬ鳥たちが
呼びに来る
体の奥の方から呼びに来て

歩みを止められるのだ
それらはたしか故郷にあったものたち
あまりにもありふれたものたちばかり
何度かは騙されて確認に行っては見たが
やはりただの石や木たちだった
さらに年老いても
呼びに来るたびに
やはり騙されるんだろう

森で見る空

行きなれた森の木陰で
仰向けに寝転んで空を見る
木木の間から雲の浮かぶ空が見え
森の上をゆっくりと雲が流れている
枝枝が空に向かって伸び
木木の大きな幹が毅然と立ち並んでいる
その幹に耳をあてると
清水の音たてて木の中を登るのが聴こえてくる
チッチッチッと
延びた枝枝を渡り飛ぶ小鳥の声と
わずかな風が起こす枝の擦れる音以外は何もしない

木の根元辺りには
何かの獣が通った跡があり
年月を重ねた沈黙が森を包み込んでいる
苔むした地上に寝転ぶと
いつしか微睡んで不思議な夢を見た
人が土になった夢
そう　土が空を見上げている夢を
この木木は
もともと顔も知らない
曾おじいさんが植えたものだ
時代の流れから疎外され
ずっと立っていたように見えるが
時代の影響を受けいく本かは切り出された
切り出された空間へ
となりの木の枝枝が伸びていき
隣と支えあっている

だから雨風にも倒れなかった
父は曾おじいさんから木の話を聞いたはずだ
わたしも子供たちに木の話をした
人よりも木の方がはるかに長生きだから
その場所から
多くのことを見てきたからだ

森が見えた

森がさきほど見えた
君の心臓のあたり
胃腸のあたり
腎臓にも
大脳にも
髪の毛を丸めて握りつぶしたような
血管の塊
ほら君の胸にも見えている
森はみんなの躰の中にある
誰も意識しないけどね

寺山修司の少女詩集
「海を見せる」

海を見たことのない少女に
海を見せるため
バケツに海の水を汲んできて見せる
確かに海があったんだけど

森

少年は島の海ばかりで育った少女に
森を見せてあげると
森の木の枝を折り

森の空気を胸いっぱい吸い込んでくる
その枝を少女に手渡し
吸い込んだ空気を枝に向かってハーッと吹きかける
少女は応えた
裏の畑の木の枝と同じだよ
少年は首をひねる
確かに森の空気と森の木の枝だったんだけど

老木

握り拳で固めた楓の幹が寒風に耐えている
若木の時　この木には何かが欠けていると思っていたが
何かが欠けているのではなく
何もかも欠けていたのだ
何もかも欠けていることにさえ気づかず
何かが欠けていると思い込んでいた
楓の木はあたかも強い木かのように
堂々と立っている
その幹の拳をみれば順調ではなかったことが分かる
あたかも森の主であるかのように見えて
幹の中は病気でいっぱいだ

その所為か幹の表皮は堅い拳のようにゴツゴツしている
その拳に耳を当てると
潰れた夢
握られたままの未来が
石のように頭を打つ音が聞こえる
指で触れば痛いと悲鳴を上げる

街の音

昔のことばで言えば
丑三つ時
ベランダから夜空を見る
ひときわ耀く南十字星
めっきり視力が衰えたせいか
本当に十字に見える
わたしの好きな
二等辺三角形をした星の一団は
雲に隠れている
遠くの方から
街の音たちが

唸りのような耳鳴となって
かすかに聞こえてくる

手紙

私は森の奥に夢を育てている
あなたは育てていますか
耀く星の空や
海の深くに
躰の胸のあたりや
何処で育てていますか
植物の茂み
人間の林
街角の気に入りの空間だつたり
私の夢はまだまだ育ち切っていないけど
水を遣ったりして

すこしは育っています
だから今日は手紙を出しておきました
すこし育ったような気がしましたから

水仙

包丁で切ったような三日月が
西へかすかにゆらゆらと移動している
分らないほどの進みぐあいで
南十字星を追い越していく
西は爛熟の象徴であり
猫は屋根の上でぎゃあぎゃあ威嚇しあっている
人々は暖かい布団で鼾をかく
眠っていても
爪は伸び髭は伸びる
玄関先の水仙もほぼ満開だけれど
まだ茎をのばしていないものもある

夜の酷い寒気のなかでも凍らないで花を咲かせる
白は可憐さの色だ
夜の花壇で未来をいっぱい含んで青白く揺れている
いつぞやの森の草地でも似た花が咲いていた
本物の水仙かは分らなかったが
その森にとっては
水仙でも水仙でなくてもどうでもよいことだ

どんこ

淀みの岩場の下
奥まった穴の中に
どんこは住んでいた
世の苦渋を舐めたような
斑の皮膚をして
口を真一文字に閉じていた
穴の中で
石になりきったように沈黙し
獲物を待っていた

どんこ釣りは

五センチほどのタコ糸に針を付け
細竹の先につるし
ミミズをえさにすれば食いついてくる
一瞬
パクリと体を揺すり食いつくと
何事もなかったかのように
またじっと真一文字に口を閉じている

岩の下に産み付けられた
黄色い卵の孵化を
見守っているのは雄のどんこだ
孵化と同時に成魚になっている
生まれたばかりの赤ん坊が
大人の姿をしているようなものだ

台風のたびに変る川底にも慣れて

川底はこんな風に変わっていくんだと
その時々の様子を思う
田んぼにＤＤＴを散布しだして
めっきり魚の数が減ってきた
気のせいだけではない
どんこさえ小ぶりになった
しかし顔つきは川の溝を
長年喰ってきたような
相変わらず醜い顔をしている

夏休みになるたび
知り尽くした川底の
いくつかの岩場を覗いてみると
去年からじっとしていたように
川の主のようなどんこが
どっしりと

やはり潜んでいる

森と海の関係

木木を透かして
森の遠くに
海が見える
足元の草地から
海へ
わたしが流れ込む
海藻が繁茂し
魚たちが騒いでいる
それぞれの魚たちの苛立ちは
雑然かに見えて
整然と苛立っている

水をかき混ぜ
濁り起つ水

見る

目は注力しなければならない
未来の空中と
過去の海中を分ける現在の水面を
波の立ちかた
流れる方向
水面に映る宇宙を
水平線に見える陸地の緑の濃さを

落葉の算数

夜空に光る星は過去の光である。だから人間の現在は過去とほぼ同じである。しかしそこにはわずかな時間の差がある。

屋久島の千年杉と人の一生はほぼ同じである。宇宙の歴史から見ると点の時間でしかないからだ。

苦しかったり、痛かったり、楽しかったりすることは、生きている証拠である。だから苦しさも痛さも一瞬だと思えば間違いない。

永遠の愛などは存在しない。なぜなら宇宙の果てが未知数なのに愛だけが永遠であるはずがない。

犬が吠えるのは主に怖い時である。怖くなければこちらに向いてほしい時や餌がほしい時など極限られたときだけである。

記念碑とは忘れるための証拠である。なぜなら憶え続けられないからそこに記録しておくからだ。墓も同じことだ。

どんなに立派な人も凶悪な人も不幸な人も生まれる事と死ぬ事とは一回限りである。どんなに強くても弱くても死と生はやってくる。だからせいぜい立派に生きてみることに限る。

他人に迷惑を掛けなくなったら一人前である。だから自分が一人前かどうかを判断したいときはどんな迷惑を与えているかあらゆる方向で考えてみればわかる。従って一人前の人は存在しない。

殺人をされた人には無限の哀れみが必要である。しかし殺人をした人へも大きな哀れみが必要である。なぜなら好んで殺人者になりたかった人はいないからだ。その多くは生まれてからの社会が作り上げたものだからだ。その証拠に生まれたばかりの赤ちゃんで憎たらしい赤ちゃんは一人もいない。

オノマトペいろは詩　II

眠れぬ夜のことば遊び

眠れぬ夜のことば遊び

ア

朝焼けが
鮮やかに東の空に
アップされる
曖昧な色を避けて
あかあかしい赤がはっきりと
阿寒湖の向こうに映っている
あなたはそこからどうするつもりだ
悪意な解釈までして
雨嵐の予想をしている
ありありと世界の何処かへ

あっさりと直接　伝達すれば済むのではないか
熱くこよなく美しい壮大な朝焼けよ
明けの明星は宵の明星になるまで光っているぞ
あいずちを打つ
浅ましさも　もう
明け方の出来事だ

イ

痛々しほど黄金色に実った
稲穂が垂れ下がり
井桁に並んで揺れている
藺草と藁と
いずれは床の間で匂いを放つ
生きいきとした芯を包んで刈り取られるのを待っているのに
猪はその間にも稲穂を狙い駆け回る
唯々諾々のあなた

意見をそろそろ言ってみてはどうだろう

ウ

ウーッこの痛みはなんだ　しかし
うやむやにしていたら
うっとうしい風景の中で
うっかりも忘れないほどの
美しい少女に出会えたことで
鬱屈した心が
うまく調えられてしまった
穿った見方をすれば邪まなおまえが
うっとり見とれていて痛みを忘れていただけだけど
ウロボスの蛇のように世界は少女にも繫がっている

エ

曳伯なのに

映画を見る
延々と続くドラマを見る
炎々と燃えながら気息が続き
えっちゃらおっちら続いていく
延々と映画の帯は続くが私の心は真っ白だ
鉛筆を持ったまま立ち尽くす

オ

おろおろうろたえている
お洒落なお嬢さん
おどおどしなくても
落ち込まなくても
憶することなく
大外刈りをかけるつもりで組んでみたら
応援もまわりにいっぱいいるから
大舟に乗った気持ちでいいよ　そうすれば

自ずと道は開けてくるよ
オリンピックだもん

カ

かっちかちに固まった
蚊の化石　大昔から
簡単に人を殺してきたのはお前が一番
かっきりけりを付けるため研究するぞ
カッコいい柔肌の女が歩いていくが
蚊は何人にも食いついて
快感を味わい
かわいそうに葬ったことか

キ

きらつく服装で
キンキン金切り声をあげていた

近所のお嬢さんが
煌めく星空を頭上に見るころ
きっちりした姿で時には出かけていく
外皮を変えるだけでこんなにも変わる
キラキラ輝き美しいとき
九天の玄天のしかも夜

ク

くしゃくしゃしているうちに
クアランプールでは朝が来た
ＫＫＫの悪魔め　ここまでは追っては来ないだろう
くねくね泳いで朝日に浸かる
括った黒髪の彼女が海水に浸る
黒いイルカの方が白いイルカより生き生きしてるのにね
ＫＫＫさん

ケ

軽々に言わない方がいい
けんけんがくがくの問題が起きるよ
敬虔にあくまでも
気色だつことの無いよう
啓示を大切にすることだ　そうすれば
結果もいいものになり
賢婦人のうわさが本物になるはずだ

コ

木の葉がふわりと落ちる
恋の初風から長すぎた付き合い
紅色の西空に陽が沈むように
心は覚めた　だからあとは
湖畔の水面のように静かに

こっくりこっくり居眠りをする
子供の頃の夢を見ながら

サ

さんさんと陽の光は満ちて
桜の花びらは
さやさやと舞い落ちる
酒は花見酒
ざわめく妖しいこころの夢
錯覚は錯覚の群れの深みをただよい
山茶花の咲くところまで続いた

シ

震災の後
深海の底を思い
しくしく泣く子供

静かに暮れていく夕暮れに　理由なく
しっとりと泣けてくる　涙は
じわっと　しとしと
沁みてくる
静かな秋の夕暮れは
しんしんと海の底を映し出す　だから
櫛風沐雨
漆黒の海に想い出のイルカを泳がせてみる

ス

スイカを川の端の方に浮かべて冷やして置き
すいすい川の淀みの真ん中の方へ泳いでいく
吸いつくような水をかき分けると
水面は気付いたような波をたてる　あとで
スイカをみんなで分けて食べる楽しさ
スカッとした楽しみ

セ

砌下に滴る雫がくだけるたび
せっせと石を削る　その努力に
刹那を感じる
世界はいつも削られていて忍耐力も武力も無力なのに
せっかく言ってくれたのに　しかし
せいせいしたよ
せっかちで出しゃばりで
世間の風はこうなんだと分かったはずだ
世界は反物質の対でバランスをとっている

ソ

そんなに悲しいか
そんなに楽しいか
素気ない態度で

そっくりの話し方をする
そろそろあきらめたらどうなんだ
空の雲行きも良くないし
そっぽを向かれてしまうよ仲間から

タ

タンタカターンと勢いよく出てきた
タクラマカン砂漠を行く大谷探検隊
頼みの綱は堅い信念　そして
確かな調査
逞しい夢を求めて探検した砂漠も　今では
たちどころに行けるような砂漠になってしまった

チ

地図の道路を
チャリンコに乗って走ってみる

チンチンチャラチャラ
ちゃぷちゃぷ海の上も走ってみる
近場も遠くも
青梗菜の畑も見える　だからついでに
中国大陸も走ってみる
チャリンコの夢は広がる

ツ

つじつまが合わないね
「つつじ」と「ちくわ」が親戚だって
つつじは樹木だし　ちくわはもともと魚だし
つながりはないだろう
つながりがないから繋がりが有るってこともある
つらつら考えてみれば
つつじの山に雨が降り
つまりは川から海に流れ　魚たちは

津から大海へ泳ぎだし成長し　ちくわの材料になる

テ

てれつくてんてん太鼓が鳴る秋の夕暮れ
てくてく神社をあとに家路へ向かう
手をふる遠くのあなた
手編みの赤いセーターが温かそう
手紙のことばがそのまま夕暮れだったが
ておくれにしたのは私の所為だ
手作りのあなたに貰った器も帰宅して　だから投げ割った
手負のライオンのように傷ついて

ト

トロトロしていたら迷子になってしまった
都会の繁雑さは
とても田舎者には難しい

とんでもない道に入り行き当たり
通せん坊をされたりする　それが
トラウマになって街と聞いただけで
逃避したくなるほどだ

ナ

ナッシング
何もない胸の中に
梨が実っている
なよなよとして　確かに
難解なパズルを握って諦めている
なんでだよう　なんにもない筈なのに　だから
ナッシング

ニ

ニンニクが臭う

にんにんと嫌なにおいを振りまいて
忍者のような不思議な奴
臭いの忍者なのか
忍耐が要るね我慢するには

ヌ

滑っめっとした
ヌメヌメが足指に絡む
抜き足差し脚でも
沼地の水草が歩きぬくくするので　気を
抜いていたら
抜けた間の男が言っている
「脱げばいいよ　ズボン　濡れるんなら」
沼を渡らなければ向こう岸には着けないよ
ぬけぬけと分かっているのに言っている

ネ

ね　だから言ったでしょ
ねちゃねちゃ引っ付いてくるから
練り直しをした方がいいよ
眠たげに女は言った
ねっとりした液体になってしまった
懇ろな女だったので
年々我慢してきてしまったが
年末には整理してしまおう

ノ

野原の道を
のっそりのっそり歩いてくる
農夫の肩には鍬が重そうに担いである
のらりのらり歩く姿は野牛にも似ている

農繁期で疲れているのだろう
能面のような顔になっている

ハ

はらはら散る灌木の林の枯葉
葉は葉としてそこにある　というより
葉は葉として其処にあった
葉は　今は　腐葉土として
葉を育てる
遙かな時間を得て変節していく

ヒ

ひりひりと肌が痛い
ひーふーみーと数えながら
必死に我慢して　息を吹きかける
皮膚が真っ赤に腫れている

ヒメオコゼに刺されたようだ
比較のしようのない痛さだ

フ

噴泉が沸騰するように
ふつふつと熱湯は湧き出てきた　政治に対し
憤慨する男は
不満がたまっていたようだ
「ファーストだって」野球じゃあるまいし
ファンが
蕗の薹のようににょきにょき生え出てくるもんか

へ

へっぴり腰の下手なおじさんが
ベースにつまずき
平凡なフライをおとして負けた

平気な顔をしてベンチに帰ってくる
へとへとに疲れて座り込む　先ほどは
ヘナヘナの併殺打を打った
返球されたボールも受けられない

ホ

ホットコーヒーを飲ませてくれるというから
ホイホイついていく
ほの暗く古風な喫茶店
他に客はなく
本当の話をしてくれた
ほのぼのとした友人の家族の話を
ぽつりぽつりと

マ

まじまじと見詰める瞳

満々と水をためた山峡の泉のように
真っ青に透き通つている
まんじりともしない顔に
まじめな人柄がすぐわかる　少女は
まがうことなく話し始めた
ママと呼ぶ母の話を悲しそうに

ミ

みっちりと絞られたあげく
みっともない姿を晒してしまった
みちみち考えるに方策がない
ミスはミスとして受け入れる方が正しいか
みんなに明日は謝ろう
見えなかった場面が浮かんでくる

宮前川に雨が降る

水かさが増えて
ミミズが流されていく　その
ミミズを鯉がパクリと食べる

みにはひときわ愛着がある
三好のみだからだ
みを素敵なみにしてやろう
みんなが喜ぶように
みにも意味を持たせてやろう
みめ麗しいみにしてやろう

ム

むしゃむしゃその男は食べている
無理に勧められたこともあるが
難しい顔をして
蒸した芋を口に運ぶ

無念であったことは様子を察するに
むべもない

メ

メーメー鳴く山羊の群れは
面々と続く平原を果てしなく歩いて行った
面倒な牧羊犬の追いたてにもめげず
めらめら怒りを表すこともなく
目眩がするほどの距離をとぼとぼと歩く
メンフィスの草原

モ

燃え上がるような灌木の林へ
紅葉狩りに行く
百木の枝葉は紅葉が真っ盛りで
燃えるように紅葉している

燃えるのは葉だけではない私たちの心も燃えている
勿論楽しくて

ヤ

やっぱりそうだったのか
やはりそうだろうな
ヤンヤン言われたけど
ヤンヤン言われることだけはあったんだ
やんちゃなお坊ちゃんだものね　だから
やすやすと追い抜かれたんだ

ユ

ゆめゆめ怠るなかれ　そうでないと
ゆゆしい事態になるぞ
ゆったり余裕のある暮らしこそ
夢を育む

ゆるやかに上昇することを祈っている
ゆずる君分かってるね

ヨ

陽葉に映える紅葉の山並みに圧倒され
よろめくほどの艶やかさは　現世の最後の
容姿にすべてを込めて延びきり
万の森を染め上げる
米沢の奥の山々

ラ

らんらんらん
駱駝の背中は高くて見晴らしいいよ
落日に向かって
駱駝の子供は逃げるけど
らくちんらくちん

駱駝で駆ける砂漠は自由の野原だ

リ

リンゴの皮で核実験をする北朝鮮
リンゴの皮は破れてしまう
リンゴの皮には多くの命がある
リンゴを守ろうよ
リンゴの皮を守る運動の開始をしようよ
リンゴのうまみが逃げないように
リンゴがそこから腐らないように
リンゴが腐り始めたらもう止められない
輪廻転生できない愛しい地球なんだから

ル

縷々分かっているよ
瑠璃色の写真がどこだったか

累世を重ね
累々と続いてきた
累積された先祖の重みが一枚の写真になっている

レ

零雨に濡れながら
漣漣と頬を流れる涙は分りずらかったが
零落した立ち姿は
冷風に揺れる影絵のようによく分かった
戻道した罪びとが悔悟するように
連木で何度も擂りこむような日々だった

ロ

老狂の跋扈する物騒な世の中
弄花ならぬ
老害とならぬよう

朧朧のもと
老翁はひっそりと暮らしている

ワ

わたしは
倭の国で生まれ
和に囲まれ
我儘でも
和気藹藹と暮らしたが
忘れられて歴史から最期は見えなくなる

ヲ ン

をは失くしてしまったがチャドの首都
ンジャメナには行きたいね

晩冬のあいうえおの風景

あかい朝日
いろ鮮やかに
うつろい
えいしゃのような
おもしろさを
かっきりと反映して
きき的に赤い
くなしりの
けしきを
こいする
さいはての

しずかな夜を
すずしげにやりすごし厳寒の白昼
せかいの果てを思う
そうだったのか
たちどころに
ちじょうを変えたのは
つつじの紅葉も
てっぺきの変化で白くなり
とつぜん冬はやって来るからだ
なんてんの実も雪に赤い
にべになく変化する
ぬきさしならない静寂
ねむりにつく
のうさぎ
はくいきは白く
ひとよを耐えるために

ふゆの準備をしている
へいわな地上を
ほんきで思うなら
まんぜんとは過ごすな
みを粉にして
むりをすることだ
めじろさえ餌を探す
もうすぐ来る春のために
やかましく囀り
いまを生きる
ゆるされないぞ怠慢は
えなければならないその日までの食糧
よるには潜み昼には威嚇的な狩り
らくなどあるはずもない
りゆうなどさらにない喉が渇くだけだ
るり色に輝くのも欺くため

れっきとした保護色
ろれつが回らない老境になっても
わたしたちは認められていること
を　意識し
んん　見ている

晩秋のいろは夕日

あかねに染まる白虎の空
いまにも燃え尽きそうに緋が移っていく
うたかた事を忘れ
栄華が沈んでいくように
終りの予感を滲ませる　おそい日を
回顧し
刻み入る魂の痛みが
くっきりと浮かびあがる
けして忘れることの無い
金色の想い
さほど気にしなくても

しっかりと自然に
すっかり魂へ入いりこみ
セットされている
そうだ
たち上がる過っての栄華を
緻密に呼び戻し
土を染め上げよう
手にとる土が
溶けて赤く染まるまで
嘆きもせず
にじむのを待とう
温くなった赤い土を
練って
延ばして
放してやろう　それにしても
ひどい夕日だ

冬に向けて
平穏な秋が
ほほえんでいるのに
まるい夕日が海の中に沈んでいく
みるみる落ちる夕日
むっくり起き上がる
愛でられてきた古来からの想い
もの寂しい白虎が薄く染まっていく
ややもすれば微かな風にゆれて
ゆるい綾を造り
夜をまじかに控えて
爛熟は始まり
離愁にも似た
るんるんるりら　るーるーや
れっきとした
ろれつは続いていく

忘れよう
をも
んも

あからはじまるいろはうた

あ

ああ
雨だね
秋雨だね　しかし
明るい西空だから
明日は晴れるね

い

イタリアへ行ってみたら
胃がずきずき
痛んで大変だったよ

いい加減見飽きた古跡を訪ねているときだったので
嫌も好きもない
いいトイレはないか探してばかりで
遺跡どころではなかったね

う

うろうろ町を歩いていたら
美しい建物の前に来ていた
上ずった声で思わずここだと声を出してしまった
うんぬん言う前に
入館する方法を聞いてみた

え

永遠の別れという
映画を見て
絵のようなシーンから

エリンギをなぜか思い出した
枝豆　えのきだけ
縁結び
縁のないことばが浮かび
延々と続いていく
栄作さんまで出てくる
エリザベステイラーも
栄作さんと樵を漕いでいる

お

折からの寒さお見舞い申し上げます
恩師からのはがきが届き
恐れ入りました
御礼もしていなかったのに
思わぬはがきに
己の非礼に

お詫びの手紙をお送りしました

か

カッカカッカしないで下さい
かりんとうをポリポリ食べているのは
格好いい姿ではないですよ
必ず視聴者は見ています
カルホルニアまで来て
刀とかりんとうを比較することはないですよ
かりんとうを切る刀が
過去を切り捨て
彼女の女優魂を貶めますから

き

きっちりと選んでください
きつきつの服はこの旅には似合わないよ

きまり悪そうに服が悲鳴を上げているよ
汽車に乗るから特に長くなるからねえ
決めていた時刻表を見ながら
貴公子のような男はそう言った

く

栗拾いに行く
草が生い茂っていて栗を拾いにくい畑になっていた
鍬が畑の隅へ立てかけてあって
水鶏が止まっている
クックッと鳴きながら
下った川の方へ飛んで行ったあとに
椚の葉がぱらぱらと落ち
クルックルッとかすかな風を起こした

草深い山に降り積もった雪の斜面を

首まで埋もれながら
熊が駆け下りているのが遠くに見える
黒い毛並みを雪だらけにして
黒い顔の小さな目が血眼になっている

け

決して近寄らないで下さい
決定した距離は五百メートル以上
訣別しなければならない距離です
結婚から離婚への時間は十年だったけど
決定的な理由は性格の不一致とドメステックバイオレンス

こ

子山羊が草を食む
小雨降る広い野原の雑草を一日中食んでいる
腰の低い年老いた百姓は

草を刈らなくてよいから助かると言っている

さ

さっささっさと
札束を数えるギャングさん
サッカリンを飲みすぎたんじゃないか
削岩機で金庫を壊して奪った札束だろう
察につかまる前に
さっさと自首したら
さっきも警察がそこを探していたよ

し

シーッと口に人差指を縦にあて
静かに抜き足差し足で
四十雀が逃げてしまうよと
しっかりした小声で

静かに言ったのに
締まり雪のなかをかき分けるように進んだものだから
シシピンシシピンと鳴いて素早く飛び去った

す

すずやかな夏の日
寸足らずの小坊主が
素っ裸で走ってくる
西瓜を下げて転びそうになっている
座り込んでとうとう下呂を吐いてしまった
素晴らしい日本晴れの暑い日の出来事で
簾を透かして見ていた女が笑ってしまった

せ

戦争をする国を
世界は笑ってやろう

切羽詰まったこの地球上で何時まで
戦争をしているんだ　人類は
戦争が大好きなだけの高等動物なのか
せぐりしい息をあげながらでも
清貧ぶってでも戦いをする

そ

そっけない態度に男も
そっぽを向いた
そそっかしい女はそれでも
争友だと思っている
そんな楽観的な時期はとっくに過ぎているのに

た

タンバリンしっかり叩きなさい
タンタン叩けば

たくさんのお客が来てくれるよ
頼みの綱は元気な演奏
たんぱく質をとれば元気百倍だね
足りなかった資金もこれでできるよ
タートルネックの社長は檄を飛ばした

ち

地下核実験が好きなんだね
秩序を保つために絶対だめだと言ったんだけど
父親もそうだったから似た者同士だね
地球が壊れてしまうよ
中距離弾道ミサイルにでも積まれたらそれこそ
朝鮮の北の方は危ない国だね

つ

つんのめって

つんつんするなよ　そこの
椿の花でも眺めたら落ち着くよ
ついつい犯した間違いも
通年ではよくあることだ
勤めを果たしてさわやかな雰囲気を作ろうよ

て

てっきり着いたのかと思ったね
徹夜で運転してたから
手投げ弾も途中食らったけど
手際よく避けれたよ
てんぽなことはしない方がいいよ
鉄砲も持った山賊たちだから

と

トインビー

トルストイ
トーマス・マン
ととと・・・
とが付く人には大者が多いね
とにかく大家達だ

な

ナマズやなよなよとした深海魚など
なぜ人気がないの
ナヌカザメ
ナンヨウサヨリ
ながめるだけでも気持ち悪いよ

に

憎いだろうが
にくにくしいだろうが

忍の一字で我慢してくれ
二年も経てば
憎さも笑って済ませられるようになるよ

ぬ

濡れ衣を着て生きて行く
ぬくぬくで生きている真犯人も
泥濘のような世間を渡っているかもしれない
ぬるぬるの歩道に滑って転んでいるかもしれないだろう
滑るような世間を歩くのは至難の業だ　しかし
主柄で分かるものだ　辛抱　辛抱

ね

ねんねこしゃっしゃりまーせ♪
鼠に喰われても
眠り込む　どだい

念死の身であるならば
眠りも死も同じもの
ねんごろに仲良くしよう
拈ずた葉と枝のようなもの

の

のんきな
のんだくれ
のんべんだらりと
のどぼとけを鳴らし
伸し餅を喰っている
野太鼓だけが特技の老いた飲兵衛

は

華やかな花を活けて
はなやいだ気持ちになると

母の日常だった生け花を思い出す
はしくれの花々を仕事の合間に野山から採取し
花鋏の音を床の間で鳴らせる
花大根
花蕨でさえ
晴れやかな一人前の花であった

ひ

彼岸花の咲く秋になり
日は幾分短くなった
飛燕もいなくなり
鵯が寂しい鳴き方をして庭の木にとまる
悲懐に暮れる日本中の老いた人たち
引き繕っても老いは老い
悲嘆にくれる前に
ひそやかな老いを

ひらひらと過ごそうよ

ふ

麩と
フビライハン
普通にはかかわりはないが
ふと思いたっのだから仕方ない
フビライが麩を茹でて啜っている
不思議な違和感を戦闘のあと味わう姿が
不憫でならない

へ

平和の行進に
平気で参加して声をあげている
変な爺さん
平和も戦争も経験しているから出来るともいえる

へとへとに疲れても　それでも
睥睨する鋭い眼はなお未来を見ている

ほ

ほわほわ
茅屋の方丈で夢みる鴨長明には
芳香が夢から放たれ
咆哮も包み込まれて
望見する内なる山山や森と風
解ける襞になす術もないあわれ
本命になすすべもなし

ま

瞬きの表情は
真っ白の空を見上げ
まじめな人柄を滲みだす

眼はらんらんと
まっとうな世界を希求しながら
前払いされた命の重みを受け止めている

み

身を抓み諦める
未来永劫の平和の夢を
見るがいい
ミズスマシの視線がどこを見ているか
水の中も空中も同時に見ているのだ
みんななぜ人間はできなかったか
未来の空と過去の水中を区切る水面をしっかり見て
見出さなければならなかった恒常的な平和を

む

むっくり起き上った男は

むんむんする湯煙のなかを
夢魔に震えて
村まで逃げて行ったね
無理だったんだよ
むっつりスケベの青二才だから　暴漢に
向かっていく勇気はなかったんだ

め

妾だね　やっぱり　旦那に
眼を剝いて怒ったか
珍しいね　よくできた奥さんだったのに
女々しいけど
目くじら立てるのは逆に救いようがあるね

も

沐浴をすませて

モーモー鳴きながら乳牛は草を食んでいる
もったいないほど咲き乱れた
桃の花も傍の草地に一本生えている
靄もかかるうららかな春日和
勿論空は碧く晴れ渡っている

や

やいのやいのと言っていたヤンキーは
夜陰に紛れて
やはり脱走していた
やけに暑い朝
やっと気付いたアメリカ人の看守は
ヤップ島の長閑な慣習にあきれていた
やれやれ

ゆ

夕紅葉が
夕日の海に結納を渡す
優艶に額縁に入り
夕日の大きな輪の中を
悠々とカラスがなぜか飛んでいる
結納のお祝いなのにゆゆしきことだ

よ

よよいのよい♪
よいとまかせ♪
よかよかばってんよかばってん♪
よぼよぼ歩くおじいさん♪
よたよたよぼよぼ♪
よいとまかせ♪

ら

らんらんと輝く眼を
RANDOMに泳がせて
ランウエイを歩いていく
乱痴気騒ぎの後の家路への歩み
喇叭の音が耳の奥でまだ響いている
落胆しなくてもいいよ皆そうなんだから
駱駝もだから瘤ができたんだ

り

リラックスするのもいいもんだ
理由もなく元気になって
離反した家族たちへも
綸命と心得　恥を忍んで
リュックサック背負って会いに行ったよ

りんりんと胸が痛んだけどね

る

♪るーらーるるーら
るっるっるっ
るっらりるれろるらるらら
るんるんるんるん
るらるる
るるるる
るーらるるーるる♪

れ

れっきとした事実を
歴史は証明していて
煉瓦の壁が
列島の各地に点在し

冷嘲されるのを免れている

ろ

「ロシアより愛をこめて」ショーンコネリーが
ロンドンから世界に飛び立つ
ロールスロイスが光る
ろれつを回して
ロシア美人を虜にするジェームスボンド

わ

ワイワイガヤガヤ
我先にと
和を乱す民族
倭の国で何をしでかすのか
忘れないあの横暴
脇備にはなりたくないから

我らはしっかり見ておこう
絹た木片を見るように

を　ん　は忘れた

いろはの墓標

あいうえお

あーそうだったのか
いまにも泣き出しそうな表情をしていた少女
うまくいったのかな
えいがのように
おわれば成功なんだけど

かきくけこ

かいてあった

きっちりと
くっきりと
けむりの中で
こげたように
　あなたの手の中に

さしすせそ

さらに高く
しずかに昇っていった
すこやかに育つおまえの背
せかいへ踏み出すのにはまだ早かったけれど
そろそろ準備はしておくべきだった
　かいなの中で柔らかくそっと

たちつてと

たんまり手に入れた
ちからづくで引っ張った腕の中に
つちが付いたたまま
てを汚したまま
とんがった白い大根
　　さりとてふっくらと

なにぬねの

なかよしな三人は
にわで遊んでいる
ぬくぬくの陽射しが射しこみ

ねむくなりそうな
のはらの景色を背にし　突然
　　たんぼは黄色く色付いた

はひふへほ（震災）

はるまだ来ず
ひえ冷えとした河原や海岸に
ふゆを残して潮を浴びた茨が茂ったままだ
へだてる年月を重ねても
ほとんど変化はない
　　なばかりが残り
かばねは野や海の底に埋もれている

まみむめも

まっさおな空は広がり
みずうみに映る雲は水の中へ伸びていた
むすめ等は果樹園から手を振って応えた
めまぐるしく忙しい日常から離れた娘らに
ももの花びらが散りかかり
　　ははの顔にも笑顔が見えたのに

やゆよ

やがて来る
ゆう闇から魂を迎えるための
よろよろと立ち上がる

まん月を見上げた

らりるれろ　わ

らっ暉は海へ
流入する
涙眼を映したように
霊廟を歩むがごとく
六道への
　わたしたち

オノマトペの事

眠れない夜、一二三の数字や羊数えでは雑念が入り効果がない。だから少し複雑な終わりのない言葉遊びをする。「あいうえお」からどれでもいい、頭の言葉を選び「ア」ならあの付いた言葉を際限なく思い出す。

言葉に足かせをして、一見自由が奪われたような気がするけれど、それは逆に言葉が解き放たれたことを意味する。誰でも同じような言葉を使っていることに気づきがっかりすることがあったり、スランプに陥ったりすることがあるが、それは自分のことば使いが自分にとって使い古されていることによる。だから「この範囲だよ」と規制することによって今まで使っていなかった言葉が生まれたり使い方が変わったりするのだと思われる。

ゲーテは生涯十万語を使ったといわれているが、一般の人が生涯に使う言葉の数はいったい幾らぐらいだろうか。

言葉は規制をされた方が一方の世界ではイメージは広がってくる時もある。多くの作家たちはオノマトペを使うことを嫌う傾向がある。そのことを文章に書いている作家もいる。多分「ギャー」とか「オーッ」とか漫画チックなイメージがあるせいかもしれない。確かにそうではあるが文字の最初は音や声や形などを言葉で表したはずだから、言ってみれば最も原初的な言葉の初めだともいえる。あらゆる場の表現に詳細な言葉を使ってもオノマトペ一言にはかなわないこともおおい。がしかし正確に表現を規定するには適さないことばなのだろう。だから理論や哲学や理化学などには曖昧となって使えないことがほとんどだ。

戦後教育の過程は決めごとに縛られてイメージが制限されていたことだ。日本の文化の特質は決めごとのきめ細かさだけれどそれを一度はづしてみるのも良い。

日吉　平（ひよし　たいら）
本名　三好正信
1948 年　愛媛県にて生まれる

発行詩集
2013 年 6 月 『帰郷と死音』 風詠社発行
2017 年 7 月 『わらべ詩』 創風社出版発行
2017 年 12 月『わたしは深い森の中を』土曜美術社出版発行

所属　　愛媛詩話会　日本現代詩人会
　　　　同人誌『海峡』（愛媛県今治市）

現住所　愛媛県松山市

表紙絵　堀内健二
1946 年東京都に生まれる。東京造形大学・インドタゴール国際大学で彫刻を修習。
インド・フランス・アメリカ・カナダなどで作品発表。
堀内環境造形研究所・グローバルカルチャーセンター・人間協会などを設立。
継続して人間展を主催し、他イベントなどをプロデュース。
全国 90 か所以上に公共展示物を設置。

日吉平詩集　森を造る

2018 年 11 月 23 日　第 1 刷発行　定価・本体価格 2000 円＋税
著　者　日吉　平
発行人　大早友章
発行所　創風社出版
〒 791-8068　松山市みどりヶ丘 9-8
TEL 089(953)3153　Fax 089(953)3103
印刷　㈲ミズモト印刷

ISBN 978-4-86037-268-2

正誤表

60頁13行目　ウロボス　↓　ウロボロス

60頁最終行　曳伯　↓　曳白

64頁2行目　けんけんがくがく　↓　けんけんごうごう